Doña Charlatana

EDICIONES GAVIOTA

Doña Charlatana era muy habladora.
No paraba de charlar y charlar. Hasta cuando no tenía con quién hablar, ella seguía hablando.

Todo lo decía ella y no dejaba hablar a nadie.
La gente se quedaba con la boca abierta esperando poder decir algo.
Pero era imposible. No dejaba que nadie pudiera decir una sola palabra.

Ni siquiera cuando leía un cuento, Doña Charlatana estaba callada.
Doña Charlatana leía en voz alta, y así nunca paraba de hablar.

¿Sabrías relacionar los cuadros de arriba con los personajes de la ilustración?

Doña Charlatana hablaba hasta cuando dormía. Siempre soñaba en voz alta y no dejaba dormir a nadie que estuviera cerca de ella, ni siquiera a su perro.

Doña Charlatana trabajaba de recepcionista en un gran hospital. Su trabajo consistía en atender a todo el que entraba allí. Hacía su trabajo a la perfección.

Nunca se cansaba de explicar todo lo que la gente le preguntaba.
Eso sí, tampoco daba tiempo a que le contestaran.

¿Podrías decir qué diferencias encuentras entre esta página y la anterior?

Con la persona que con más frecuencia hablaba Doña Charlatana en el hospital, era con Don Pupas.
Don Pupas iba mucho al hospital porque siempre le pasaba algo. Esta vez Don Pupas se había caído por las escaleras del «metro».

A Don Pupas le tenían que hacer una radiografía. Doña Charlatana, sin dejar que terminara de hablar, le indicó por dónde tenía que pasar para llegar. «Primero por donde ponen las inyecciones, después por una sala de espera, luego por la enfermería y, por último, encontrará el lugar donde le pueden hacer las radiografías».

Don Pupas no se ha enterado muy bien de las indicaciones de Doña Charlatana.

¿Podrías ayudar a Don Pupas a llegar al lugar donde le pueden hacer las radiografías?

Recuerda que: primero debe pasar por donde ponen
las inyecciones, después por una sala de espera, luego por
la enfermería y a continuación encontrará el lugar donde
hacen las radiografías.

Cuando salía del trabajo, Doña Charlatana se reunía con sus amigas en una cafetería. Se divertía mucho pero, como siempre, era ella la que hablaba y hablaba sin dejar que sus amigas pudieran decir algo.

Pero un día, Doña Brujilla estaba por allí y, dándose cuenta de lo habladora que era Doña Charlatana, decidió hacer algo.

¿Sabrías decir quién está de espaldas y quién de frente?

Doña Brujilla era verdaderamente mágica. Sabía muchos trucos.
Podía hacer que las cosas se movieran, cambiaran de color o se hicieran más grandes o más pequeñas de lo que eran.

En esta ocasión, Doña Brujilla hizo que la taza de café volara, que la cucharilla golpeara y que el azucarero saltara.
Doña Charlatana estaba tan sorprendida que, por primera vez, enmudeció.

Pero aquel silencio de Doña Charlatana duró poco, porque al día siguiente hablaba y hablaba sin parar, aunque más tranquila por si sucedía lo del día anterior.

¿Reconoces las figuras que hay escondidas en la página? Tienes que localizar un círculo, un triángulo y un cuadrado.

Doña Charlatana tenía motivos para estar intranquila, porque al ir hacia su casa notó que, según iba andando, su boca se hacía más pequeña.
Y es que cerca, muy cerca de Doña Charlatana, estaba Doña Brujilla.

¿Sabrías decir dónde está Doña Brujilla?

Cuando Doña Charlatana llegó a su casa se miró al espejo y comprobó que su boca se había hecho más pequeña. Doña Brujilla la observaba, divertida.

¿Podrías decir dónde está Doña Charlatana? ¿Encima o debajo de la silla?

Aquella noche, Doña Charlatana se fue a dormir un poco preocupada. Su boca se iba haciendo más pequeña y cada vez hablaba menos. Durante la noche soñó en voz alta, pero menos.

Al día siguiente Doña Charlatana se levantó temprano. Era domingo, y había quedado con Don Ruidoso para jugar al tenis.
Por el camino se dio cuenta de que desde que se había levantado sólo había dicho: «Qué buen día hace para jugar al tenis».

«Ho…la, Don Rui…do…so», dijo Doña Charlatana con dificultad.
A Don Ruidoso le hizo gracia la forma de hablar de Doña Charlatana. Le parecía imposible que hablara tan despacio y tan poco.

Dibuja pelotitas de tenis por el suelo.

Cuando empezaban a jugar, apareció Doña Brujilla. Ésta les contó que todo lo que le sucedía a Doña Charlatana era uno de sus trucos para evitar que hablara tanto.

¿Podrías decir dónde están situadas las raquetas de cada uno de los personajes?

«Supongo que quieres que tu boca vuelva a ser como antes», dijo Doña Brujilla.
«Sí, por…fa…vor», rogaba Doña Charlatana.
Doña Brujilla le hizo prometer que dejaría hablar también a los demás.

Doña Charlatana recuperó el tamaño de su boca y se puso muy contenta.
Don Pupas se reía tanto que por poco se cae al suelo. Todos estaban muy contentos, porque ahora Doña Charlatana les dejaría hablar.